Jacques de Lacretelle
de l'Académie française

Le retour
de Silbermann

Gallimard

Jacques de Lacretelle est né en 1888 au château de Cormatin, dans le Mâconnais. Il a passé son enfance à l'étranger et a poursuivi ses études à Paris au Lycée Janson-de-Sailly. Son premier livre, *La Vie inquiète de Jean Hermelin* paraît en 1920. En 1922, c'est *Silbermann* qui reçoit le prix Fémina et sera traduit en dix langues. En 1925, il publie *La Bonifas*. En 1929, le Grand Prix de l'Académie Française est attribué à *L'Amour nuptial* et Jacques de Lacretelle est élu quai Conti en 1936. Son œuvre se poursuit avec des romans, des nouvelles, des essais, du théâtre et, en particulier, une suite romanesque en quatre tomes : *Les Hauts-Ponts*.

I

Voici quelques années, je me trouvais à Marseille, un mois d'été, assez incertain de mes projets et de mes désirs mêmes. J'étais venu avec l'intention de m'embarquer et d'aller quelque part en Méditerranée. Mais la chaleur et la pénurie d'eau m'interdisaient le voyage de Corse auquel j'avais primitivement songé ; et des croisières, que je ne me souciais pas de rencontrer, me barraient le côté de Capri ou des Baléares.

Je m'attardais donc à Marseille, un peu contre mon gré, et sans rien faire que flâner. Néanmoins, je ne le regrettai pas, car il me vint là plusieurs idées littéraires qui me serviront bien un jour. Je crois que le bruit et le mouvement d'une grande ville où nous n'avons pas nos habitudes font dans notre mémoire comme des espèces de forages ; et par ces nouveaux puits l'imagination jaillit toute fraîche.

Un après-midi que j'étais assis dans le hall de l'hôtel, je remarquai une grande affluence d'étrangers. Ces voyageurs étaient descendus, me dit-on, d'un paquebot américain qui faisait le tour de la Méditerranée et touchait pour vingt-quatre heures à Marseille. Ils avaient pris possession de tous les salons. Dans l'attente et l'état de disponibilité où je me trouvais, leur campement avait quelque chose qui m'attira ; et j'allai m'installer parmi eux, regardant leurs gestes et écoutant leurs propos.

De tout temps, j'ai aimé à observer sur les êtres la marque de la race ou bien de la nationalité dans son caractère le plus profond ; il me semble remonter le cours d'un fleuve grâce à une seule goutte d'eau.

Je m'amusais donc à étudier le visage et les mouvements de mes voisins lorsque j'entendis le portier de l'hôtel crier un nom à travers le hall. Puis il avança dans les salons, entre les groupes ; il tenait une dépêche à la main. Comme il passa près de moi, il répéta le nom. Je sursautai : ce nom était David Silbermann.

Le portier s'était éloigné, mais je le suivais des yeux avec une indicible curiosité. Et ma curiosité était même si rapide que je le devançais, cherchant à voir avant lui l'homme qui allait faire un signe et prendre la dépêche. Je m'étais levé ; mon regard sautait de visage en visage ; j'entendais le nom se répéter au loin. Au bout d'un moment, le portier repassa, tenant toujours le message. J'allai aussitôt vers lui et l'interrogeai. J'appris que David Silbermann, le destinataire de la dépêche, faisait partie des voyageurs descendus du paquebot. Il avait sans doute quitté l'hôtel, mais il ne manquerait pas d'y revenir, car il avait chargé le portier de plusieurs commissions. Lorsque je sus cela, j'hésitai un instant, en proie à un amusement mêlé d'anxiété ; je songeai à l'attendre, je songeai à écrire une lettre ; enfin je me décidai à remettre ma carte au portier :

— Vous la donnerez à ce monsieur, et vous lui direz que, s'il veut me voir, il me trouvera ici, ce soir, à sept heures.

Et je sortis rapidement dans la rue, car mes pensées étaient si nombreuses et si vives que j'avais besoin d'air et de mouvement.

Silbermann ! Quel extraordinaire croisement du destin que cette rencontre dans une ville où ni l'un ni l'autre nous n'avions d'attache ! Je ne l'avais jamais revu après le jour où il avait si brutalement pris congé de moi, sur le talus des fortifications, frappant du pied, avec rage, le sol qu'il allait quitter. Et il y avait plus de vingt ans de cela. Même après la publication de mon livre, il ne m'était rien revenu sur lui-même. Sur sa famille, j'avais eu quelques informations par une lettre d'un ancien camarade de lycée. Ce camarade me disait, ce que je savais déjà, que le père de Silbermann était mort après avoir traversé de gros embarras financiers. Quant à la jolie Mme Silbermann, qui était, paraît-il, restée, je ne sais comment, assez riche, elle s'était remariée avec un homme titré, mais peu considéré ; elle avait essayé alors de faire figure dans le monde, et c'est à ce moment que mon informateur l'avait rencontrée ; mais il ajoutait qu'elle semblait ignorer tout de son fils et préférait manifestement qu'on ne l'interrogeât pas sur ce sujet. Peu après, d'ailleurs, elle avait été emportée par une épidémie de grippe. Pas plus que moi, il n'avait entendu parler de notre ancien condisciple. Et c'était lui, c'était Silbermann que le hasard me faisait rencontrer ici !

Tout en marchant, je le revoyais tel qu'il était sur le banc du lycée, au premier rang, la tête dressée, l'œil aux aguets, levant prestement la main afin de placer un mot destiné à flatter le professeur ou à étonner la classe. Et, à chacun de ses succès, quelle joie méprisante sur son visage qui se tournait vers nous ! On voyait ses narines palpiter, comme si ce succès avait ranimé en lui un vieux souffle de gloire. A ces moments, il semblait nous considérer de même qu'un maître son troupeau d'esclaves.

Mais, en d'autres occasions, c'était un être tout différent qui se montrait, et cela même avant qu'on eût commencé à le persécuter. On le voyait avancer dans la cour du lycée à pas hésitants, le dos courbé, un masque inquiet posé sur le visage : il faisait de longs détours pour éviter toute rencontre ; et, après ces dangers chimériques, quand il approchait de moi, il y avait dans sa manière de me tendre la main quelque chose de peureux et de triste.

Tout son caractère offrait ces contrastes ; tantôt une noble ambition et un orgueil presque cruel, tantôt une inquiétude, qui tournait en panique, lui faisait perdre jusqu'à sa souplesse et le précipitait droit vers le malheur.

Je me rappelai qu'un jour, comme nous sortions du lycée, il m'avait montré les bustes des grands hommes posés dans des niches tout le long de la façade : Montaigne, Descartes, Montesquieu... En face de chacun d'eux, il avait improvisé un de ces couplets adroits par lesquels il m'avait étonné tant de fois. Puis, soudain, arrivé devant une niche vide, il s'était dressé sur ses jambes maigres, et, le visage toujours tendu vers la façade, il s'était écrié avec une flamme superbe qui m'avait fait frissonner en même temps que lui :

— Et là, Silbermann..., philosophe, romancier, essayiste, qui, dans toute son œuvre, a si bien su allier aux méthodes et au génie de la France l'esprit critique et la poésie de sa race.

Or, l'après-midi de ce même jour, nous étions passés, par hasard, rue La Fayette, devant un café où se tenait la Bourse des lapidaires. Il m'avait pris par le bras et m'avait forcé à m'arrêter un moment. Des hommes, tous Juifs, Syriens ou Arméniens, formaient de petits groupes, véritables îlots dans le mouvement de la rue parisienne. La plupart parlaient des idiomes étrangers. On les voyait s'aborder et entrouvrir de minuscules paquets avec des gestes précautionneux et complices. Je m'aperçus que Silbermann regardait l'un d'eux, un petit homme d'une cinquantaine d'années, légèrement bossu, au teint très jaune. Il avait un tic bizarre qui lui faisait à tout instant lancer la tête de droite et de gauche ; et, fréquemment aussi, on le voyait donner, de ses doigts repliés, deux petits coups frébriles sur le côté de son habit où devait être la poche de son portefeuille.

Quand il l'eut bien observé, Silbermann se tourna vers moi. Son visage exprimait comme une jouissance amère.

— Hein !... Il est beau, ce Shylock, me dit-il. Eh bien, je lui ressemble, je le sais... Si, si, je lui ressemble, c'est le même sang, c'est David Silbermann à cinquante ans, exerçant le métier pour lequel il est vraiment fait.

Et il lâcha mon bras avec une brusquerie hostile.

Tous ces souvenirs repassaient dans ma tête. Je me demandais quel Silbermann j'allais retrouver après ces vingt années de séparation. Je savais bien que la grande ambition de son adolescence avait échoué, puisque, après les mauvais traitements que nous lui avions fait subir, il avait résolu de quitter pour toujours notre pays. Mais il lui restait le génie de sa race qu'il possédait à un si haut degré, son tempérament nerveux, sa ténacité, sa parole facile et persuasive, son goût des visions prophétiques. Qu'avait-il fait de tout cela et qu'était-il devenu en Amérique ? Voilà ce que je me demandais avec une excitation croissante.

Bien avant sept heures, je retournai à l'hôtel. Il me semblait aller au rendez-vous le plus extraordinaire que je pusse jamais avoir dans ma vie.

Lorsque j'entrai à l'hôtel, je vis un homme en conversation avec le portier. Il tenait en main une carte de visite, la mienne, et paraissait demander des explications. Je l'aperçus d'abord de profil. Son nez était légèrement courbé, ses lèvres toutes rasées étaient proéminentes ; c'étaient bien les traits de Silbermann, un peu empâtés par l'âge et fixés dans ce galbe romain qui est fréquent en Amérique.

Le portier, m'ayant reconnu, me désigna à lui, et il se retourna. Son visage, maintenant que j'y retrouvais la ressemblance en plein, me troubla tellement qu'avant que j'aie pu faire un pas, il fut sur moi. Je lui tendis la main.

— David Silbermann..., dis-je. Quel hasard ! Après tant d'années...

Il avait pris ma main et l'avait serrée. Puis il me dit en anglais :

— Oui, David Silbermann, de New York. Je suppose que vous désirez me parler.

Cette réponse, faite en anglais et qui semblait exprimer l'ignorance de mon nom, me laissa interdit. Je pensai un instant, et avec le sentiment d'une chose tragique, qu'il avait oublié tout son passé, qu'en vingt ans il était né à une autre vie, après avoir changé de patrie comme on change d'habits. Puis l'absurdité de cette idée m'apparut; alors je regardai mieux son visage, remarquai dans le front et les yeux quelque chose qui me fit douter de son identité, et je demandai en anglais :

— Vous avez bien habité la France autrefois? Vous avez été au collège à Paris?

Il fit le mouvement de quelqu'un qui a éclairci une énigme, et une expression de contrariété parut sur sa figure.

— Non, répondit-il.

Et, après une hésitation, il reprit sur un ton grave :

— Je pense que vous attendiez de voir un de mes cousins, qui s'appelait aussi David Silbermann et qui a habité quelque

temps avec nous. Mais, depuis de nombreuses années, notre famille n'est plus en
rapport avec lui. Je ne sais pas du tout ce
qui lui est arrivé.

Il avait parlé avec cet accent loyal, mais
un peu dur, qui est propre aux Anglo-
Saxons lorsqu'ils sont obligés de porter un
jugement sévère sur un des leurs.

Je fus décontenancé par ce langage.
Mais aussitôt mon interlocuteur me prit le
bras et, m'entraînant courtoisement vers
deux fauteuils :

— Venez prendre une boisson avec moi,
me dit-il.

Une heure plus tard, j'étais attablé avec
lui et nous dînions ensemble. Son bateau
partait de Marseille à minuit. Je savais
maintenant qu'il était le fils aîné de ce
Joshua Silbermann, marchand de perles et
de pierres à New York, chez qui mon
ancien camarade était allé vivre après son
départ de France. Je savais aussi que, son
père étant mort, il était aujourd'hui le seul

propriétaire de la maison; et il s'était même étendu complaisamment sur l'importance de cette maison. Mais sa vanité n'avait rien de trop lourd, car il parlait de ses avantages et de son heureuse position avec une arrière-pensée généreuse. Il semblait dire naïvement à son interlocuteur, quel qu'il fût : « Voilà où je suis, voilà comment j'y suis. Pourquoi ne feriez-vous comme moi ? »

Par moments, ainsi dans la volubilité avec laquelle il exposait ses affaires, il m'avait rappelé son cousin germain, dont il avait d'ailleurs quelques traits physiques, ce qui expliquait ma méprise ; cependant on sentait bien qu'il n'avait jamais éprouvé le même enthousiasme ni les mêmes ardeurs que le David Silbermann, né et élevé en France. Son image, à côté de l'autre visage, vif et chaleureux , que je revoyais dans ma mémoire, ressemblait à celui d'un Lapon.

J'eus quelque peine à le faire parler de son cousin.

— Il a quitté l'Amérique il y a plus de dix ans, me dit-il avec réticence, et déjà, à New York, nous avions presque cessé de le voir. Il est allé à Paris. Ensuite, nous avons eu de ses nouvelles, une fois, par une personne qui nous a écrit. Il était malade. Depuis nous n'avons plus rien reçu. Je ne sais où il est ni même s'il vit.

Ma curiosité, réveillée soudain par cette rencontre, ne se contentait pas de ce bref récit : et bien qu'elle se heurtât visiblement, chez mon interlocuteur, à un sentiment de dignité, je voulus la pousser plus loin. Je lui dis que j'avais été autrefois le meilleur ami de son parent et que son nom m'avait laissé un grand souvenir.

— Dans le lycée où nous étions, non seulement il nous distançait tous, nous, ses camarades, mais son intelligence émerveillait les professeurs. Quand une inspection avait lieu, c'était lui qu'on mettait en avant. Je me souviens qu'après son départ, un élève ayant été premier deux fois de

suite, notre professeur avait déclaré :
« C'est presque un Silbermann. »

Je vis une rougeur colorer le visage de
mon auditeur et quelque chose de brillant
changea complètement son regard l'espace
d'un instant.

— Quand il a décidé de quitter la
France, repris-je, j'ai fait tout ce que j'ai pu
pour le dissuader. Et je n'avais que quinze
ans. Mais j'avais tant d'admiration pour
lui... Depuis, j'ai souvent pensé à sa carrière en Amérique, je me suis demandé
comment ce cerveau extraordinaire avait
réussi là-bas...

Je m'arrêtai et l'interrogeai du regard. Il
secoua la tête d'un air sentencieux et
légèrement ému, me sembla-t-il. Puis il dit
avec calme :

— Oui, il était un cerveau plutôt
extraordinaire... Mais il n'a pas réussi en
Amérique.

Il se tut. Je ne le poussai pas davantage,
comprenant qu'il allait continuer maintenant.

— Voyez-vous, reprit-il, en Amérique il y a peut-être place pour tous les Juifs de la terre, mais il n'y a pas place pour un seul Juif romantique. Et mon cousin David était terriblement romantique.

Il se tut de nouveau. Mais ces propos paraissaient avoir remué en lui bien des souvenirs, et, la sincérité de mon intérêt lui inspirant confiance, il me raconta peu à peu l'histoire de son cousin.

Il me dit tout d'abord que Silbermann, à son arrivée aux États-Unis, n'avait manifesté qu'un désir : entrer dans la maison de son oncle afin de gagner de l'argent le plus tôt possible. C'est en vain que Joshua Silbermann avait voulu l'envoyer, pour une ou deux années, dans l'école où son fils, qui était à peu près du même âge, se trouvait encore. Silbermann avait supplié qu'on n'en fît rien.

« Tout ce qu'on m'apprendra, disait-il, je le sais déjà. Ce que je ne sais pas, c'est comment on gagne de l'argent. »

C'est ainsi qu'il se mit tout de suite aux

affaires avec un zèle un peu inexpérimenté que l'oncle Joshua avait dû ralentir à plus d'une reprise. Il avait voulu être initié en même temps à toutes les branches de sa profession. Dès qu'il entendait parler, dans le bureau, d'une vente ou d'un achat possibles, il se proposait pour conclure le marché. « Laissez-moi aller voir, oncle Joshua, disait-il, laissez-moi traiter. »

— Naturellement, me dit son cousin, mon père, qui avait mis trente ans à faire sa fortune, ne lui confiait rien d'important, et il se moquait quelquefois de l'impétuosité de David. « Je crois que David réussira très bien, mais seulement lorsqu'il saura distinguer une émeraude d'un saphir. » Cependant, il le traitait avec affection; sachant que son frère avait eu des ennuis en France, il avait pris David entièrement à sa charge, et se proposait de l'établir plus tard.

» Au début, mon cousin n'avait pas eu d'autres projets. Du moins, nous ne le savions pas. Pourtant, je me rappelle qu'un jour — il devait avoir dix-huit ans, car j'étais sorti de l'école et venais d'entrer à mon tour dans la maison de mon père — je le vis arriver devant moi et crier avec une joie sauvage. Il tenait dans sa main un assez gros paquet de bank-notes. C'était un courtage que mon père lui avait donné après une bonne affaire où David l'avait un peu aidé. Et c'était peut-être le premier gain que David faisait. Il avait couru pour toucher le chèque et il criait, brandissant les billets : « Regarde, regarde... Je gagne de l'argent maintenant... Je serai plus fort qu'eux... Ils vont voir... » Je m'expliquais sa joie, mais je ne comprenais pas ses paroles. Cependant, je m'aperçus, dès ce jour, que, malgré son activité, il considérait sa profession comme un moyen et nullement comme mon père, par exemple, la considérait. »

Laissant un moment l'histoire de son cousin, David Silbermann me dit que son père, qui avait commencé, avant d'être marchand, comme simple ouvrier lapidaire, avait gardé pour les pierres précieuses un véritable amour. Souvent, quand il en examinait une et qu'il l'avait jugée d'une eau parfaite, il la portait, entre deux doigts, un peu plus haut que ses yeux, et il la regardait dans une espèce d'ensorcellement, comme on regarde briller une étoile.

— Je n'avais pas, reprit-il, le même culte que mon père pour notre profession, mais, par respect pour lui, je marchais sur ses pas, faisant les mêmes gestes de dévotion.

» Et c'est pour cela, je crois, que les choses commencèrent à aller moins bien avec mon cousin, car il se mit à nous mépriser et à mépriser toute notre famille à cause de ces sentiments. Il acceptait bien de s'enrichir dans notre profession, mais il se refusait à l'aimer.

» Lorsque j'étais enfant, mon père avait eu l'habitude de me prendre avec lui, le soir, et de me lire de vieux ouvrages écrits par des artisans sur les pierres précieuses. Il y avait dans ces traités beaucoup de renseignements utiles mais aussi beaucoup d'imaginations et de choses fabuleuses. Tout cela scintillait devant mes yeux; c'était pour moi comme des contes de fées qui se déroulaient dans notre foyer même. Maintenant que j'étais devenu grand, mon père avait renoncé à ces lectures. Cependant, c'était un tel plaisir pour lui de me faire vivre dans son ancien métier que je lui demandais parfois de les reprendre. Ces séances ennuyaient mon cousin et il le montrait; il nous trouvait ridicules et nous regardait avec un air sarcastique. Mon père s'en aperçut une fois; ce fut l'occasion de la première scène entre eux, et je crois qu'à partir de ce moment mon père commença, au fond de lui-même, à le juger mal.

» Il faut dire que David semblait regretter l'Europe d'une manière désespérée et que, s'il nous blessait, c'était sans doute parce qu'il souffrait cruellement de vivre en Amérique. »

Je fis un signe d'assentiment. Depuis le

début de ce récit, il me semblait apercevoir mon ancien camarade parmi ces personnes et ces choses entièrement étrangères à ses goûts et à sa culture ; et j'imaginais aisément les retours secrets de cette nature qui n'était jamais satisfaite.

— Au bout de quelques années, reprit mon interlocuteur, l'ardeur qu'il avait montrée en arrivant chez nous était tout à fait tombée. Peu à peu, maintenant que j'étais entré au bureau, il me laissait faire toute la besogne. Un jour, comme mon père, qui croyait à une hausse, l'avait chargé de faire un voyage dans l'Ouest et d'aller acheter un stock de pierres, il vint me trouver et me dit :

« — Vas-y à ma place. Moi, je ne veux pas. »

» Je lui demandai pourquoi. Il me répondit que ce métier l'ennuyait, qu'il n'était pas fait pour cela. Il insista si bien que je décidai de partir ; et, comme je me disais que, si l'affaire était bonne, mon père ne manquerait pas de me récompenser, je ne pus m'empêcher de montrer ma joie. Alors mon cousin me regarda avec un sourire dédaigneux et me dit :

« — Tu es content ?... Tu vas gagner de l'argent... »

» Un peu surpris par ce ton, je ne répondis rien et il continua avec une grimace de pitié :

« — Et après ?... Tu achèteras et tu revendras, et tu gagneras encore de l'argent... Et ainsi de suite... Mais tu auras beau être riche, qu'est-ce que tu auras fait, qu'est-ce que tu tiendras entre tes mains ? »

» Ces paroles me frappèrent si fortement qu'à mon tour j'hésitai à partir. Je suivais dans ma tête le raisonnement de mon cousin, et ma vie me fit l'effet d'un tonneau sans fond où disparaissaient des pièces d'or. Une fois seul, je sentis que l'appât du gain, qui d'ordinaire m'excitait tant, me faisait faire cette même grimace que j'avais vue tout à l'heure sur le visage de David. Mais, soudain, je repensai aux lectures de mon père, à toutes ces belles histoires sur les pierres et sur notre profession, à ce que j'appelais mes contes de fées. Alors je sentis que mes mains n'étaient plus vides, et la joie revint dans mon cœur. »

David Silbermann s'interrompit un instant. Bien que son récit fût fait sans emphase, il appuyait sur certains mots, ce qui me permettait de le comprendre aisément.

— Et par la suite, reprit-il, quand mes affaires eurent réussi, j'ai toujours pensé que cette sorte de passion joyeuse m'avait plus aidé dans le succès que l'habileté commerciale.

» Mais cette joie, mon cousin ne pouvait pas la ressentir, et je crois bien que la tirade qu'il m'avait faite ce jour-là, il la répéta plus d'une fois, ou d'autres toutes semblables, à mon père. Je dis je crois, car mon père ne me le rapporta jamais et n'en montra rien. Il voulait nous faire, à David et à moi, la même situation dans sa maison, et, craignant par un scrupule de conscience de pencher secrètement vers moi au détriment de son neveu, il essaya longtemps de redresser le jugement défavorable qu'il portait sur David.

» Mais le jour vint où il dut, malgré lui, se désintéresser de David.

» En effet, lorsque mon cousin eut vingt ans, il dit à mon père qu'il n'était décidément pas attiré par le commerce des pierres, qu'il ne faisait rien d'utile dans notre maison, et qu'il ne pourrait jamais changer. « Il faut qu'on me donne une autre chance », dit-il. Et il exposa le projet d'ouvrir une librairie à New York.

» Mon père consentit, sans l'approuver, et l'aida. Il me semble qu'il lui fournit la moitié des fonds nécessaires, et que mon cousin se procura le reste en réunissant aux gains qu'il avait faits chez nous un petit héritage qui lui était revenu après la mort de son père.

» Il est probable que, lorsque la librairie fut ouverte, les six premiers mois furent pour mon cousin le meilleur temps qu'il ait passé en Amérique. Il avait fait la connaissance de gens qui, après s'être donné rendez-vous dans sa boutique, avaient fini par y vivre. C'étaient des hommes de notre race, et pour la plupart des oisifs, de ces rêveurs que mon père disait être toujours prêts à donner une idée et à demander de l'argent, et qu'il nommait les vendeurs de mots. Chacun d'eux avait fondé une revue, une gazette, ou formé une association intellectuelle. Tous péroraient autour de mon cousin, et celui-ci se faisait écouter par le prestige que lui donnait son éducation française.

» Car tout en jugeant parfois votre pays avec sévérité, mon cousin en parlait sans cesse ; il citait votre histoire, vos auteurs ; et certainement les ouvrages que l'on voyait en majorité dans sa librairie étaient, avec ceux qui avaient trait aux Juifs, ceux de la littérature française.

» Seulement, au bout d'un an, il devint évident que cette librairie était une mauvaise affaire. Mon cousin demanda à mon père de l'aider encore, mais celui-ci estima que ce serait une dangereuse folie et refusa. Alors David liquida sa boutique et aussi un appartement qu'il avait pris au-dessus, car, depuis quelque temps déjà, il n'habitait plus avec nous ; et, avec l'argent qui lui restait, il s'installa, sans profession définie, dans un quartier moins cher. C'était un quartier que mon père n'aimait pas, où se logeaient de préférence beaucoup d'intellectuels juifs, des vendeurs de mots.

» Et ce fut parmi eux qu'il vécut désormais, se laissant entraîner dans toutes leurs aventures et tous leurs rêves. Il s'était mis à écrire dans leurs journaux ; nous sûmes aussi qu'il prenait fréquemment la parole à des meetings politiques et faisait de la propagande parmi les ouvriers.

» Une fois par semaine, il venait dîner chez nous, car mon père avait à cœur de conserver des relations avec lui. Et cependant, à mesure que la vie de mon cousin devenait difficile et tragique, son orgueil devenait plus insolent. Il nous exposait ses théories et ses entreprises d'une manière agressive, comme s'il eût cherché à nous blesser.

» Ces théories étaient de plus en plus audacieuses, et, sous prétexte de vouloir améliorer la condition et les salaires des ouvriers juifs ou de combattre la rapacité des *sweaters,* il parlait de faire alliance avec les anarchistes. Quant aux entreprises, elles variaient chaque semaine. Une fois, c'était une chose difficile, mais raisonnable, comme le projet d'organiser, par des coopératives de travailleurs, de grands centres de production ; une autre fois, c'était une chimère telle que l'exode de tous les Juifs dans une contrée abandonnée mais qu'il prétendait extraordinairement fertile. Et tous ces projets, il les développait devant nous avec le même feu et la même gesticulation violente, nous jetant entre les mains des cartes, des plans, des rapports.

» Naturellement, beaucoup de ces idées heurtaient celles de mon père, et autant sur les questions politiques que sur la question des Juifs. Car mon père, voyant que bien des pratiques de leur race constituaient des entraves à l'aisance et au bonheur des Juifs, s'était efforcé de rompre avec des traditions qui restaient pourtant chères à son cœur. Il proclamait qu'il était premièrement citoyen américain ; mais l'on voyait bien que l'héroïsme lui était nécessaire pour dire *premièrement*. Quand il entendait un de ses ouvriers parler *yiddisch*, il se mettait presque en colère. « Qu'êtes-vous venu faire dans ce pays, disait-il, puisque vous êtes trop paresseux pour apprendre la langue qui s'y parle ? » Ce qui, quelquefois, amenait des sourires chez les auditeurs, car lui-même n'avait jamais pu se défaire d'un fort accent étranger. Et puis, après avoir ainsi pris cet homme à partie pour un mot prononcé en *yiddisch* ou pour l'observance de certains rites, il lui faisait porter en cachette, le samedi suivant, un bon plat de poisson frit et de viande *causher*.

» Mon cousin s'était aperçu de cet

amour secret que mon père n'avait pu vaincre, et, bien qu'il ne fût nullement pieux, il louait devant lui, chaque fois qu'il le pouvait, ceux qui restaient fidèles aux coutumes juives.

» Ainsi, il racontait qu'il allait fréquemment voir les émigrants de Hambourg débarquer à Castle Garden. Il regardait les couples qui n'avaient pour tout bien que des oreillers de plume, un paquet de linge, quelquefois une paire de chandeliers de cuivre ; l'homme portait toute sa barbe et, autour de son visage, des boucles en tire-bouchon ; la femme cachait soigneusement ses cheveux sous une perruque ou un fichu.

» — Eh bien ! disait mon cousin, quand je les vois, j'ai confiance en eux. Je me dis que des gens qui ont ainsi le pouvoir de rester ce qu'ils sont en dépit de l'adversité, en dépit de tout ce qui les environne, doivent posséder une force et une dignité supérieures. »

» Mon père répondait qu'il y avait fort à parier que ces gens ne resteraient pas longtemps tels qu'ils étaient ; qu'en deux ou trois années ils auraient coupé leur barbe et leurs boucles, et feraient, le jour du sabbat, leur marché comme tout le monde.

» — Du moment qu'ils venaient en Amérique, ils auraient mieux fait de s'y décider tout de suite et de ne pas perdre ces deux ou trois années », ajoutait-il.

» Mais mon cousin répliquait alors que la plupart des coutumes juives avaient des raisons de morale, ou de convenance sociale, ou d'hygiène, que même l'esprit moderne ne pouvait méconnaître. Et il s'amusait à reprendre devant nous les plus anciennes et les plus bizarres prescriptions du Talmud, à les rajeunir et à les rattacher aux petits faits de la vie quotidienne. Comme sa mémoire était grande et son habileté de parole extraordinaire, il dominait mon père dans la discussion. Et cela d'autant plus facilement que mon père, dès qu'il se trouvait en présence d'un contradicteur, se mettait à bégayer. Il avait eu cette infirmité dans sa jeunesse et avait réussi à s'en débarrasser après de grands efforts. C'est pour cela, je crois, que pendant des années il nous avait fait de longues lectures avec application et avec calme. Mais, lorsqu'il s'animait un peu, le défaut reparaissait ; et mon père, dans les conversations mouvementées, auxquelles son neveu l'obligeait, en souffrait cruellement.

» Une année, pour Pâque, mon cousin vint prendre son repas chez nous. Naturellement, c'était la Pâque juive, mais, suivant le désir de mon père, le repas donné ressemblait plus aux réjouissances ordinaires de notre monde qu'à l'antique fête rituelle.

» Lorsque nous fûmes à table, mon cousin se mit à raconter qu'il était allé, la veille, faire une visite à une famille d'ouvriers pauvres où l'on se préparait aussi à célébrer la Pâque. Il avait vu les quatre enfants occupés à nettoyer le logement, à laver le parquet, à frotter les chandeliers de cuivre. Il nous décrivit l'activité et la joie qui régnaient dans les deux misérables pièces. L'aînée des filles, qui était fiancée et devait recevoir le lendemain son futur époux, découpait des franges dans du papier de couleur ; ses cheveux étaient tressés et enroulés autour de sa tête ; et son frère s'amusait à les saupoudrer de paillettes dorées.

» Il nous dit qu'il était resté longtemps à contempler ce spectacle, bien que l'objet de sa visite, une adhésion à un syndicat, eût été rapidement réglé. Il avait vu la mère, aidée de sa plus jeune fille, préparer la table, la recouvrir d'une nappe toute neuve et poser de place en place de simples pains blancs protégés par des serviettes immaculées. Ensuite elle avait mis les chandeliers au bout de cette table, et avait allumé quatre bougies, une pour chacun de ses enfants ; alors elle avait baisé trois fois ces bougies, et, cachant son visage dans ses mains, elle avait murmuré la prière de consécration. »

A cet endroit de son récit, mon compagnon, qui avait légèrement baissé la voix depuis quelques instants, fit une pause et me regarda afin de connaître ma pensée. Je ne dis rien, mais il dut être rassuré par mon expression, car il continua d'un ton sans méfiance.

— Il nous raconta aussi les conversations qu'il avait eues avec ces gens, avec les enfants notamment. Et il y avait dans les images et les propos qu'il nous rapportait quelque chose de si pur et de si sincère que tous, autour de la table, nous nous étions tus et nous l'écoutions avec ferveur. Et cependant, à ce moment déjà, nous n'aimions plus beaucoup notre cousin et nous supportions difficilement ses histoires.

» Mais, ce jour-là, il fit de nous ce qu'il voulait. Après cette visite il nous en raconta une autre, chez un homme veuf, où c'était une petite fille, une enfant aveugle, qui dirigeait l'intérieur de son père. Et il la montra au milieu des préparatifs de la Pâque, trouvant et posant les objets avec, disait-il, une sorte de complicité surnaturelle.

» Il parlait avec plus de calme qu'à l'ordinaire, faisant simplement, par instants, de grandes aspirations, comme s'il allait prendre son souffle dans les lieux qu'il nous décrivait et non dans l'air que nous respirions. Ce jour-là, je remarquai pour la première fois que les yeux de David pouvaient passer pour beaux.

» Je me demande pourquoi il agit ainsi pendant ce repas, car il dut bien voir que ces histoires avaient un effet désastreux sur notre fête. Deux vieux cousins, qui étaient parmi nos invités, cessèrent de manger. Mais il continua, et personne n'osa lui ôter la parole. Mon père moins qu'un autre, car, lorsque nous nous levâmes de table, il sortit précipitamment de la pièce avec un visage bouleversé.

» Bientôt, l'argent que possédait David fut épuisé, il n'en gagna pas, n'en reçut

plus d'Europe, et il dut recourir régulière-
ment aux libéralités de mon père. Mais il
venait de moins en moins chez nous, car,
maintenant, nous ne tolérions plus son
caractère exalté. Et son caractère empira, à
cette époque, en raison d'un événement sur
lequel nous n'eûmes que peu de lumières.
Sa mère, qui avait divorcé de mon oncle, se
remaria. Un héritage l'avait rendue assez
riche, et, bien qu'elle n'eût guère d'affection pour son fils, elle lui envoyait une
pension. Or, le mariage qu'elle faisait
blessa terriblement David, je ne puis dire
comment ni à la suite de quoi. Il ne
s'expliqua pas là-dessus, mais il nous
apprit, un jour, qu'il la reniait, qu'il considérait qu'elle était morte pour lui, et qu'il
lui avait écrit ces propres mots.

» Les choses auraient peut-être continué
ainsi, et mon père, malgré son mépris pour
le milieu où David était tombé, lui aurait
toujours assuré le moyen de vivre, si une
dernière excentricité de David, qu'il prit
d'une manière tragique sans doute par

affection pour moi, ne l'eût décidé à une rupture définitive.

» On répandit, un jour, dans les ateliers de joaillerie et les bureaux des courtiers, un tract très violent contre les patrons. C'était venu à un moment où il y avait quelque effervescence dans notre métier. Nous étions menacés d'une grève et le commerce marchait mal. Le papier conseillait aux employés de s'unir aux ouvriers; il était rédigé par quelqu'un qui semblait fort bien renseigné sur les affaires des patrons. Ceux-ci le considérèrent comme très dangereux.

» D'autres tracts furent lancés peu après, et tout aussi nuisibles; ils étaient anonymes; mais, sur l'un d'eux, l'auteur se révéla et mit son nom au bas de la feuille : c'était mon cousin.

» Je me suis souvent demandé pourquoi il se découvrit ainsi, car il avait bien dû penser qu'il perdrait la seule ressource qui lui permettait de vivre. Il le fit d'abord parce qu'il répugnait à la lâcheté, cela est certain; mais aussi, je crois, parce qu'il éprouvait un attrait romantique pour le malheur. Il me semble qu'il avait décidé, à ce moment, que lui, Juif, devait avoir une vie tout à fait misérable; et il courait au-devant des catastrophes.

» Lorsque mon père vit la signature de son neveu, sa colère fut grande. Il se trouva dans une situation gênante parmi ses confrères, et, surtout, il craignit que cette mésaventure, en raison du même prénom, ne me valût des ennuis.

» Pendant tout un jour, il alla à la recherche de David, qui avait plusieurs fois changé d'habitation et auquel il se contentait de faire remettre de l'argent par l'entremise de son banquier. Il le trouva finalement. Je ne sais ce qu'il lui dit, car il ne m'en parla pas, mais je présume que l'entrevue fut d'une violence extrême. David avait quelquefois un déchaînement de fou. Quand mon père rentra, je me souviens qu'il était si pâle que sa barbe, qui était encore châtain en ce temps-là, me parut toute sombre. Il bégayait, ne pouvait achever une phrase, et levait vers le ciel des mains tremblantes. Le soir seulement, il retrouva ce beau calme pour lequel nous le respections tant. Il nous réunit, nous dit qu'il était obligé d'abandonner David et nous fit jurer que, de notre vie, nous n'aurions de relations avec notre cousin.

» Si je ne me trompe, David resta près d'un an encore en Amérique. Et, heureusement, il ne fit plus parler de lui. Puis il écrivit au secrétaire de mon père une lettre qui nous fut transmise. Sa mère était morte ; il accusait son beau-père de l'avoir dépouillé et demandait à retourner en Europe pour défendre ses intérêts ; il ajoutait qu'il ne reviendrait jamais en Amérique.

» Mon père lui fit envoyer un billet de passage pour la France. Le secrétaire qui le vit à cette occasion fut frappé de sa maigreur et de sa mauvaise apparence.

» Nous reçûmes encore de ses nouvelles, et, cette fois, de Paris. Une jeune fille nous

46

écrivit qu'il était gravement malade et qu'elle le soignait. Elle nous donnait sa propre adresse, au cas où nous eussions souhaité des informations régulières. Je conservai cette adresse, mais mon père nous pria de ne pas répondre. Depuis nous n'avons plus rien su. »

David Silbermann s'arrêta. Je l'avais laissé parler sans l'interrompre, sans m'exclamer, tant mon saisissement était grand. Et lui-même, d'ailleurs, m'avait raconté l'histoire tout d'une traite, comme si, malgré les années, malgré les changements de fortune, il n'avait cessé d'avoir ces visions devant les yeux.

Il avait exigé de m'inviter ; il avait choisi minutieusement les vins, l'eau-de-vie ; mais, depuis le milieu du repas, ses verres étaient restés pleins, et il se contentait d'aspirer de grandes bouffées de son cigare. Je sentais que, malgré la netteté glaciale de son récit, cet homme au masque dur retrouvait avec délices tous les souvenirs qui, à travers la noble figure de son père, le rattachaient à sa race. C'était comme une eau pure où il se baignait. Et si, au début, sa voix, comme il parlait de son cousin, avait été implacable, c'était précisément parce qu'il apercevait, à cet endroit, quelque chose de trouble dans cette eau.

Je lui demandai s'il se rappelait le nom de la personne qui lui avait écrit de Paris. Il secoua négativement la tête.

— Songez qu'il y a plus de dix ans de cela, me dit-il.

Mais il avait remarqué mon émotion à mesure que j'apprenais les aventures de mon ancien ami, et il ajouta, portant sur moi un regard affectueux :

— Je le retrouverai peut-être, et l'adresse aussi. Alors je vous les enverrai.

J'eus une certaine peine, malgré l'heure tardive et l'isolement qui s'était fait autour de notre table, à sortir de cette salle. Il me semblait distinguer la figure de Silbermann partout, flottant au fond des glaces, charbonnée sur la soucoupe où j'écrasais la cendre de mon cigare. Je voyais cette figure mêlée aux aventures qui venaient de m'être contées, et, bien que je n'eusse jamais supposé pour lui cette destinée, je n'éprouvais pas d'étonnement.

Assurément, j'aurais plutôt imaginé pour Silbermann une carrière brillante, facilitée par ces qualités extérieures qui frappaient tous ceux qui l'approchaient : l'ambition, la ténacité, un instinct adroit. Mais je connaissais mieux qu'un autre une inclination tout opposée, cachée au fond de sa nature, comme un grain de poison capable de tout détruire : une admiration secrète pour les malheurs de sa race.

Il était temps que David Silbermann regagnât son bateau. Nous sortîmes du restaurant. Avant de nous séparer, nous échangeâmes nos cartes et je lui serrai longuement les mains.

Quelques jours plus tard, une scène d'ivrognerie, assez effrayante, dont je fus par hasard le témoin, un dimanche soir,

49

dans le mauvais quartier de la ville, et où je dus intervenir, me donna un dégoût passager de tout ce qui touche aux ports. Je renonçai à la Méditerranée et allai passer un mois à Florence et en Ombrie. Je rentrai ensuite à Paris. Ce fut là que je reçus une lettre d'Amérique. Le David Silbermann que j'avais rencontré à Marseille n'avait pas oublié sa promesse et m'envoyait le nom de la personne par laquelle il avait eu les dernières informations sur son cousin.

II

J'eus quelque peine à utiliser cette information. Quand je me présentai à l'adresse donnée, dans une petite rue étroite et obscure qui avoisine Notre-Dame, la concierge me dit qu'elle ne connaissait pas et n'avait jamais connu personne de ce nom, bien qu'elle eût pris possession de la loge depuis huit ans déjà. J'eus alors l'idée de lui demander s'il n'y avait pas, dans la maison, des locataires plus anciens encore, et la chargeai de se renseigner auprès d'eux. Grâce à cela, j'obtins une autre adresse, mais assez vague puisqu'on m'indiqua seulement une rue.

Je découvris néanmoins la demeure, mais ce fut pour m'entendre dire que celle que je recherchais n'y habitait plus. Enfin, à force de patience, je parvins au domicile actuel de l'ancienne amie de Silbermann. Mais comme j'avais appris en même temps qu'elle était mariée, je dus user de prudence. Je lui écrivis une lettre où il était question de renseignements au sujet d'une servante, et la priai de me téléphoner. Elle le fit. Dans ce tête-à-tête, j'expliquai franchement mon mensonge et mes raisons de la voir. Aussitôt, sa voix parut trahir de la peur ou de l'émotion ; mais j'y distinguai en même temps une curiosité assez vive : faisant jouer ce sentiment, je n'eus pas trop de mal à obtenir un rendez-vous, et, deux jours après cette conversation, je la vis entrer chez moi.

C'était une femme d'environ trente-cinq ans, qu'on n'eût pu dire laide, mais dont le visage un peu trop maigre portait des marques de fébrilité disgracieuses. Elle rappelait ces figures que l'on aperçoit dans le salon d'attente des médecins, penchées convulsivement sur une vieille revue hors de saison.

Elle commença par me reprocher mon audace.

— Qu'aurais-je fait, me dit-elle, si votre démarche avait été surprise par mon mari ! Toutes ces choses du passé, il les ignore, malgré l'habileté de ma belle-famille à le monter contre moi.

Je compris, à ces mots, le changement social qui était survenu dans sa vie et que son nom de femme, purement français et très différent de son nom de jeune fille, m'avait déjà fait entrevoir.

— Je suis venue avant tout, continua-t-elle, pour vous prier de me laisser en dehors de cette histoire.

Mais, comme elle me disait cela, ses gestes précipités et ses regards avidement posés sur moi me révélaient son désir de m'entendre parler de Silbermann et de me parler de lui.

Je lui expliquai comment j'avais recueilli son nom et lui racontai ma rencontre de Marseille avec un des cousins de Silbermann.

— Oh ! ceux-là..., dit-elle avec une intonation de rancune, je n'oublierai jamais leur conduite. Pas un secours, pas un mot !... Je sais bien qu'il les avait quittés sur une rupture violente, qu'il évitait même de les nommer, tandis que de ses anciens camarades de lycée, de vous, par exemple, il parlait fréquemment. N'importe ! quand je leur ai écrit, ils auraient pu lui venir en aide d'une manière détournée, adoucir ses derniers moments... Rien. Dans ma peine, je les ai rendus responsables de sa mort. Avec de l'argent, me suis-je dit, on aurait pu le sauver. Non, non, ne me parlez pas d'eux...

Depuis un moment, ma pensée était arrêtée par une vision et je ne suivais plus bien ses paroles. Silbermann était mort. Un sentiment profond me retenait de parler. Pourtant, sa voix s'étant ralentie, je demandai :

— Ah ! il vous avait souvent parlé de moi... Et est-ce qu'il a songé à me revoir, à m'écrire ?

— Jamais! répondit-elle.

Ses pupilles noires se tinrent fixes, pleines d'orgueil, comme si, à cet instant, elle se substituait à Silbermann.

— Je serais venu aussitôt... J'aurais fait de mon mieux..., balbutiai-je assez pauvrement. Combien de temps y a-t-il de cela? Quel âge avait-il alors?

— Il est mort à vingt-trois ans. Il n'a pas vécu deux années après son retour en France.

Elle avait abaissé la tête et ajouta d'une voix étouffée :

— Je l'ai connu à son arrivée et je ne l'ai plus quitté jusqu'à son dernier jour.

— Et... il n'a pas eu plus de chance qu'en Amérique? demandai-je après un court silence. Je m'excuse de remuer ces souvenirs, mais tout ce qui touche à lui éveille en moi un intérêt si fort...

Elle souleva lentement les épaules et fit un geste de fatalité.

— Non, pas plus de chance... Que voulez-vous savoir? Son histoire, à ce moment, c'est la déchéance d'un homme incompris de tous et aigri peu à peu par la pauvreté et l'insuccès. Tout ce que je pourrais vous raconter suivrait jour après jour le progrès de sa maladie. C'est moi plutôt qui devrais vous questionner sur les années qui ont précédé ses malheurs. Alors son intelligence devait être soutenue par l'enthousiasme. Ensuite elle n'a plus été qu'un poids qui l'a poussé à descendre la pente plus vite.

— Oui, oui, je vois..., dis-je, l'esprit reporté vers mes propres souvenirs et légèrement détourné de la conversation. ... Cependant, je pense quelquefois que je me suis fait illusion. Cette faculté de comprendre, qui, sur les bancs du lycée, nous paraissait un prodige, peut-être venait-elle de dons qui produisent tout de suite leurs meilleurs résultats et ne se développent guère.

Je la vis se redresser avec un air hostile.

— Je sais, je sais, dit-elle, ce sont des théories fameuses et même un peu rebattues : le flair, le sens de l'imitation... On ne nous reconnaît que cela. Mais il avait autre chose, lui...

Craignant de l'avoir blessée, je me hâtai d'en convenir.

— Les derniers temps de sa vie, reprit-elle, lui-même s'était mis cela en tête et me le répétait ; mais la méchanceté des autres, la misère, sa santé abîmée, toutes les difficultés contre lesquelles il avait dû lutter l'avaient épuisé. Il se sentait hors d'état de faire ce qu'il aurait pu faire, et il doutait finalement de lui-même.

— Ah ! il répétait cela ? demandai-je.

— Comment n'aurait-il pas désespéré ? Toutes ses entreprises échouaient. Il était seul sur terre. Il considérait que sa mère l'avait trahi.

Je lui dis que le cousin de Silbermann m'avait, en effet, parlé de la brouille survenue entre David et sa mère après le mariage de celle-ci, mais sans pouvoir m'en expliquer la raison.

— Je ne crois pas qu'on puisse l'en

blâmer, me dit-elle. Déjà, au moment du divorce, sa mère n'avait pas bien agi. Quand il fut en Amérique, je sais qu'elle ne lui écrivit guère. C'était, je pense, une femme frivole et sotte qui jugeait qu'un tel fils ne lui faisait pas honneur. Devenue riche, elle lui servit pourtant une pension ; mais, lorsqu'elle se remaria, David refusa la pension et la rupture entre eux fut complète. D'ailleurs, elle n'aurait sans doute pu continuer bien longtemps cette pension ; si elle n'était morte, son second mari l'aurait probablement quittée après l'avoir dépouillée.

Elle m'apprit que Mme Silbermann avait épousé un certain vicomte de Montclar-Lagrange, oncle du jeune Montclar qui avait été notre condisciple au lycée et avait mené la guerre contre Silbermann. Cet homme, deux fois marié déjà, avait eu une vie passablement dégradante et était plus ou moins renié par son monde. David avait considéré ce mariage non seulement comme une folie, mais comme une indignité à son égard, et je compris pourquoi il avait dit à son cousin qu'il ne pardonnerait jamais à sa mère. Aussitôt marié, Montclar avait réussi, par une suite de combinaisons financières, à faire passer à son nom la fortune de sa femme. Et, lorsque la mort de sa mère survint, David se trouva entièrement dépossédé.

— Il paraît, me dit-elle, que son beau-père avait machiné plusieurs sociétés dont il était l'administrateur et d'où l'argent s'était évaporé. Les faits étaient louches, mais il avait opéré habilement, et tous les avocats consultés par David lui dirent : « Si vous faites un procès, il en sortira sali, mais vous le perdrez. »

— Et il l'a fait ? demandai-je.

— Il a hésité quelque temps. Moi, je le lui conseillais. Et puis il m'a dit qu'il y renonçait, qu'il avait une autre idée. Je ne savais pas du tout ce qu'il méditait. Un soir, je le vis arriver dans une agitation extrême. « Sais-tu où j'ai été aujourd'hui ? me dit-il... Chez mon beau-père. Oui, je lui avais demandé une entrevue et j'ai passé deux heures avec lui. » — « Et alors ? » dis-je avec l'espoir qu'il rapportait un arrangement. « Oh ! ce n'était pas pour mendier, me répondit-il. Au contraire, c'était pour lui apprendre que je renonçais à mes droits. Mais, en même temps, je me suis vengé. » Il se mit à rire avec des éclats de voix nerveux, puis il me raconta sa visite.

» Il s'était montré d'abord très doux, presque humble, il avait même feint de ne pas connaître clairement les choses. Alors son beau-père, espérant s'en débarrasser aisément, s'était lancé dans des explications longues et mensongères, et lui avait soumis des comptes plus ou moins fictifs. David l'écoutait attentivement et parfois posait une question insidieuse qui démontait toute l'explication. Il avait continué ainsi jusqu'au moment où son beau-père, soupçonnant le jeu de David mais n'osant compromettre le sien par une rupture, avait perdu pied et s'était mis à balbutier.

Alors David, changeant brusquement de ton, lui avait prouvé qu'il était au courant de tout ; il avait repris une à une les opérations dissimulées ou frauduleuses à la suite desquelles il avait été frustré de son héritage. L'autre, déconcerté par l'attaque et pris de crainte, niait mollement. David avait haussé la voix, l'avait traité de voleur, et son beau-père n'avait même plus eu, paraît-il, la force de le chasser ou de riposter. Et puis, après lui avoir démontré qu'il connaissait toutes ses malhonnêtetés, après l'avoir fait trembler de peur, David lui avait dit qu'il ne lui ferait pas de procès, qu'il lui laissait cet argent volé.

» Ah ! comme il m'a raconté cette scène ! Lui aussi en était sorti épuisé. J'entends encore sa voix rauque, haletante... Mais quels mots pour me peindre la figure de son adversaire ! Il me dit qu'à la fin son beau-père ne se défendait même plus, qu'il ne pensait qu'à garder l'argent, et que, machinalement, du bras, il faisait le geste d'écarter David... Ainsi vous croyez qu'un homme capable de remarquer ces traits n'était pas intelligent?... Mais songez que c'était pour se donner le plaisir de les remarquer, pour voir de près la canaillerie de cet homme, qu'il avait sacrifié le procès. Il me l'a dit : « Devant un tribunal, je n'aurais pas pu lui lancer tout cela à la figure, c'est mon avocat qui aurait mené l'affaire, et je n'aurais pas eu la satisfaction de le tenir tête à tête, d'observer sa peur, de l'humilier de mes mains... Ah ! si tu avais vu son expression, me dit-il encore, quand je lui ai appris que je ne le poursuivrais pas... On aurait dit un homme suspendu en l'air qui retombe sur ses pieds. Il a retrouvé aussitôt son langage mondain : « Ce sont des affaires embrouillées où ma bonne foi a été surprise. J'en pâtis autant que vous... » Alors, à ces mots, David, qui ne voulait pas sortir sur une dernière duperie, recommença à lui dire ses vérités. Et l'autre, rassuré maintenant et prêt à essuyer toutes les insultes, répétait en blêmissant : « Je vois qu'il y aura toujours un

malentendu entre nous. Je le déplore vive-
ment. »

Elle m'avait raconté l'histoire sans s'interrompre et avec une passion visible. Je ne
m'étonnai pas que, malgré les années, ses
souvenirs fussent si nets, car il n'y avait
qu'à voir son émotion pour juger de la
place que Silbermann avait occupée dans
sa vie. Je ne m'étonnais pas davantage des
mouvements et des gestes fougueux qui
avaient accompagné son récit. En effet, je
me souvenais bien qu'au lycée, si les professeurs ou nous-mêmes essayions de rapporter un propos de Silbermann, nous nous
mettions toujours à gesticuler. Pour décrire
le tour d'un prestidigitateur, on est forcé
d'employer les mains ; de même, pour
imiter cet être extraordinaire et sa vivacité
d'esprit, nous jugions les mots insuffisants.

Une fois entrée dans les confidences,
cette femme continua, et je connus bientôt
les dernières années de Silbermann. Elle ne
me parla pas d'elle, ou à peine. Mais, en
réalité, cette histoire était aussi la sienne, et

même, sans doute, la seule qui comptât dans son cœur, bien que, je l'ai dit, elle fût mariée.

Maintenant que je vais rapporter son récit à la lettre, sa situation m'oblige à certains ménagements. J'avertis donc que, sauf les traits du visage, sa personne sera entièrement déguisée ici.

Silbermann, dès son retour à Paris, s'était mis à fréquenter un milieu de jeunes intellectuels juifs, étudiants pour la plupart. C'était parmi eux qu'il avait connu Simone Fligsheim, elle-même étudiante en médecine. Il était devenu son amant.

Ce petit groupe se réunissait chaque jour dans une librairie, près de la Sorbonne, qui était tenue par l'un d'eux. Ce fut là que Silbermann eut l'idée de fonder une revue. On parvint, non sans mal, à réunir les premiers capitaux nécessaires et la revue s'appela *Les Tables.* L'idée de David était d'en faire un bulletin général de l'esprit français, traitant à la fois de littérature, d'art et de questions sociales.

Il s'occupa de l'affaire avec la passion qu'il apportait à toutes ses entreprises. En vue de diminuer les frais, il imagina d'entrer en apprentissage chez un imprimeur afin d'assurer lui-même plus tard le travail matériel de la revue. Cet apprentissage, il le faisait la nuit, dans une imprimerie où l'on tirait un journal, et il ne cessa que lorsque sa santé ne lui permit pas de continuer.

Il recevait bien quelques encouragements, mais c'était surtout de ce petit cercle d'étudiants étrangers où il avait déjà des sympathies. Or, David, qui voyait grand, voulait que sa publication dépassât ces lecteurs. Aussi envoyait-il des prospectus jusque dans les universités de province. « Il faut reformer l'esprit français, disait-il, recommencer l'œuvre des Encyclopédistes. Nous seuls, Juifs français, le pouvons, parce que notre amour n'est pas bêtement empêtré dans la tradition. »

65

— Je me rappelle qu'un jour, me dit
Simone Fligsheim, comme l'apparition de
la revue avait été annoncée, il reçut une
souscription de Bretagne. C'était la première demande de ce genre venant de
province et d'un inconnu. « Tu vois,
s'écria-t-il, notre rôle est compris,
approuvé dans toute la France. » Mais,
aussitôt après l'envoi du premier numéro,
cet ami inconnu écrivit une lettre mi-
furieuse, mi-suppliante, pour redemander
son argent. Il expliquait que le titre l'avait
trompé, qu'il consacrait sa vie aux tables
tournantes et qu'il avait cru que *Les Tables*
était une publication sur le spiritisme. Je
vois encore David quand il me montra
cette lettre. Il reprenait chaque mot, lui
donnant toute sa valeur comique, et il riait,
il riait... Ah! si le sens comique est une
forme de l'intelligence, je vous assure qu'il
était intelligent. Que de fois je l'ai vu se
placer volontairement dans une situation
dangereuse ou ridicule parce qu'il aperce-

vait là quelque drôlerie et qu'il ne résistait pas à s'en régaler.

» Surtout à la fin », ajouta-t-elle après un silence et en faisant un geste vague vers son front comme pour excuser Silbermann de certaines extravagances.

J'ai eu la curiosité de rechercher les numéros de cette revue. Silbermann y a publié une série d'articles intitulés « L'Affaire Dreyfus et l'évolution de notre pays ». C'est un tableau de la France vu à travers cette affaire fameuse mais déjà ancienne à l'époque. Tout ce qui s'était produit de marquant depuis vingt ans, aussi bien dans les mœurs que dans le domaine politique ou économique, Silbermann avait trouvé le moyen de le relier aux positions prises autrefois par les deux partis en présence. Des parallèles nécessairement forcés, des exemples extrêmes, font de ces pages une étude subtile mais arbitraire. Il semble que cette crise qui s'était prolongée au moment où son cerveau se développait, et dont il a si cruellement ressenti le contre-coup, ait par la suite marqué son esprit d'une empreinte ineffaçable. A certains arguments de sa thèse, je découvris aisément le souvenir des persécutions dont il avait été l'objet au lycée, comme si son raisonnement intellectuel eût été déformé à jamais par ces images.

Pour moi, qui avais été si douloureusement mêlé à ces scènes, la désillusion et le pessimisme batailleur de Silbermann avaient quelque chose d'émouvant, mais je voyais bien cependant qu'ils ôtaient toute vraie valeur à son étude.

Et je ne fus pas moins déçu par le style dans lequel cette étude était écrite. Alors que Silbermann nous avait tant de fois émerveillés, dans ses compositions scolaires, par une langue souple, adroite, imitée des meilleurs maîtres, il s'était exprimé là par des phrases longues et lourdes, chargées de métaphores désordonnées. Je me pris à penser que sa manière d'autrefois n'était peut-être qu'un habile pastiche, et que son âme véritable s'était livrée dans cet écrit gonflé d'imprécations et de visions prophétiques.

La publication de la revue cessa après quatre ou cinq numéros. D'abord parce que le succès ne vint pas ; et puis, la susceptibilité de Silbermann, son humeur changeante, avaient amené des tiraillements dans la rédaction. Silbermann, resté presque seul, s'employa cependant à trouver des capitaux. « Ici c'est ma dernière force, disait-il en regardant les brochures poussiéreuses, empilées dans la petite salle de la rue Saint-Jacques. Si je ne réussis pas, si je quitte cet endroit, je n'essaierai plus rien et je n'aurai plus qu'à disparaître. »

Il fit donc des démarches, mais son caractère orgueilleux et exalté n'inspirait pas confiance. Dans le monde juif où il s'adressait, on laissait traîner les réponses, un peu par manque d'intérêt, un peu par prudence, puis on lui fermait les portes. Un jour, pourtant, il obtint un rendez-vous d'un riche banquier juif, très répandu dans la haute société de Paris, et qui passait pour s'intéresser beaucoup, sous main, à ses coreligionnaires. Seulement, il était d'origine russe et secourait surtout les Juifs de son ancien pays. Silbermann lui exposa les buts de sa revue et ses projets futurs ; il lui parla du petit cercle d'étudiants juifs où il fréquentait ; pour l'apitoyer, il lui raconta leurs espoirs, leur vie difficile. Alors l'autre, l'interrompant, lui avait dit d'une voix grave et comme en regardant au-delà :

— Non, les Juifs ne sont pas malheureux en France.

Simone Fligsheim, en me rapportant la chose, ne put me dire comment l'entretien avait fini. Mais elle me raconta que Silbermann était revenu tout tremblant de rage. « Les Juifs ne sont pas malheureux en France..., criait-il... C'est à moi qu'il a dit cela... à moi ! » Et il riait d'un rire terrible en se frappant la poitrine. « D'abord, qu'est-ce qu'il en sait ? reprit-il. Puisqu'il ne les reçoit pas... C'est vrai, tu sais, il n'en invite jamais un chez lui, il est bien trop occupé de sa situation mondaine. Et son amour, sa générosité, s'exercent à distance et avec honte. »

La mauvaise santé de Silbermann acheva le naufrage de la revue. Il eut, cet hiver-là, une pneumonie très grave qui faillit l'emporter et dont il ne se releva jamais tout à fait. Ce fut à partir de ce moment que Simone Fligsheim, laissant de côté ses études, se dévoua entièrement à lui.

Mettant leurs ressources en commun, ils vécurent ensemble dans un hôtel très modeste situé près de la Sorbonne, tout en haut de la rue Cujas. Mais ces ressources ne suffirent pas pendant la maladie de Silbermann. Par bonheur, un ami, le pianiste Mischa Herfitz, leur vint en aide.

Herfitz, devenu si célèbre depuis, n'avait pas encore de réputation, surtout en France. Il avait donné son premier concert à Paris quelque temps après le retour de David en Europe. Il avait eu peu de succès ou, plutôt, peu d'auditeurs ; mais David s'était pris d'une grande admiration pour lui, et, ayant fait sa connaissance, l'avait encouragé et protégé, car Herfitz n'avait pas de relations à ce moment-là et parlait à peine le français.

Quand David tomba malade et que les mauvais jours vinrent pour lui, Mischa Herfitz, qui commençait à réussir, l'aida à son tour, et non seulement de sa bourse. Il loua, dans l'hôtel de la rue Cujas, la chambre voisine, y plaça un piano, et, pendant la convalescence de David, il vint chaque jour jouer pour lui. La volonté d'Herfitz, son ambition, le récit de sa vocation et de ses débuts difficiles, tout cela stimulait David. « Tu vois, disait-il à sa compagne en se redressant fiévreusement sur son lit, il a tenu bon, lui, et il a triomphé. »

En effet, l'histoire d'Herfitz, au moins de son enfance, avait été une suite d'aventures tragiques.

Il était né à Kovno, en Lithuanie, et, ses

parents étant morts, il avait été élevé par son grand-père, qui tenait un petit commerce d'épicerie dans le quartier juif. Il avait eu de bonne heure le pressentiment de son génie musical, mais, au début, tourné en dérision et contrecarré par son grand-père, il avait dû étudier en cachette. Enfin, sur les instances de deux ou trois notables de la communauté juive qui s'étaient intéressés à Mischa, le vieux bonhomme avait cédé. On lui avait fait suivre des cours, et sa carrière s'annonçait brillamment lorsqu'un événement dramatique avait failli l'interrompre.

Un matin, on trouva un homme assassiné devant la boutique du grand-père ; et l'arme qui avait servi au crime, un couteau resté sur place, fut reconnu comme faisant partie des ustensiles de l'épicerie. Le commerçant eut beau jurer que le couteau avait disparu de chez lui quelques jours plus tôt, il ne put en faire la preuve ; il fut soupçonné, interrogé, gardé à vue ; et si on ne l'emprisonna pas tout de suite, c'est que le cadavre semblait avoir été traîné et placé devant sa demeure, comme s'il s'agissait d'une vengeance. Cependant, la haine des Juifs était si vive alors en Russie que le vieillard ne mit pas en doute le résultat de l'enquête, et il s'enfuit de Kovno, emmenant son petit-fils.

Ils se cachèrent d'abord dans un village, où, par des miracles de souplesse et de ténacité, Mischa, qui avait dix ans, réussit à se procurer un piano et à continuer tout seul ses études. Puis ils parvinrent à s'établir tant bien que mal. Mischa jouait quelquefois dans les fêtes de village, et il réussit à donner des leçons dans un château des environs.

Après cinq années de cette existence précaire, pendant lesquelles Mischa ne pouvait apercevoir un uniforme sans trembler ni se sauver, le grand-père mourut. Mischa retourna aussitôt à Kovno, retrouva ses protecteurs, regagna le temps perdu avec une incroyable facilité, et émerveilla si bien ses maîtres qu'on décida de le faire entendre dans un concert donné en l'honneur d'un haut dignitaire de la Cour qui se trouvait de passage à Kovno.

Lorsque la compagne de Silbermann me raconta cette étonnante suite d'aventures, elle s'interrompit à cet endroit et, se tournant vers moi, elle me dit :

— Ah ! vous qui aimez à connaître les ressorts secrets qui dirigent les êtres, qui les font marcher ou tomber, écoutez bien la fin de l'histoire.

Herfitz, me dit-elle, n'était guère sorti des quartiers juifs, il avait joué en public depuis peu de temps seulement et en présence d'un petit nombre d'auditeurs. Lorsqu'il entra chez le fonctionnaire où la fête avait lieu, il se mit à trembler de tous ses membres. Et ce n'était pas seulement par une émotion professionnelle mais par la simple peur. Partout, devant lui, dans cette assemblée qui était en tenue de gala, il apercevait des uniformes, de ces uniformes qui, pendant cinq ans, avaient traqué son grand-père et qu'il avait appris à fuir.

Lorsqu'il fut assis au piano, il regarda ses doigts crispés, arrêtés, et pensa qu'il ne pourrait frapper une note. Soudain, une idée naquit dans sa tête, l'idée qu'à ce moment précis il triomphait de ses ennemis. Il se vit dans cette grande salle, sur une estrade, dominant tous ces gens soumis et attentifs, et il se dit que c'était sa victoire, la victoire du Juif sur les Chrétiens. Toute son enfance misérable repassa en éclair devant ses yeux, mais pour aboutir à cette minute triomphale. Alors il sentit que ses muscles se calmaient, qu'il en était le maître, et il joua. Ce fut ce jour-là, disait-il, qu'il avait eu la révélation de sa force. Jusqu'alors il avait appris et travaillé avec acharnement, il avait rêvé à la gloire comme tous les enfants, mais cette détente de soi qui assure le pouvoir, il ne la soupçonnait pas en lui, il ne l'avait jamais exercée. Il joua, paraît-il, la *Fantaisie* de Schubert. La salle lui fit une ovation. Très peu de temps après ce concert, on l'envoya à Varsovie, puis il passa en Allemagne, d'où il vint à plusieurs reprises en France. C'est alors que David l'avait rencontré. Ensuite, on connaît sa carrière. Mais, ce qu'on ignore et que Simone Fligsheim m'a raconté, c'est que jamais, même à présent, malgré les années écoulées et les triomphes remportés dans le monde entier, il n'a pu jouer la *Fantaisie* de Schubert sans avoir aussitôt la vision de la salle de Kovno emplie d'uniformes, sans repenser à *sa* victoire.

A la fin de son séjour à Paris, Herfitz, qui avait signé un engagement important pour une tournée en Orient, put laisser quelque argent à David et à sa compagne. Tous deux quittèrent l'hôtel qui leur coûtait cher, et prirent un petit logement dans une rue derrière Notre-Dame, cette rue où j'avais commencé mes recherches. David était guéri de sa pneumonie, mais elle avait laissé des traces ; il était très affaibli et il toussait.

Malgré cela, tout espoir n'était pas perdu, car il se laissait soigner, ce qu'il refusa de faire par la suite. Chaque jour, il allait faire une promenade avec son amie. Il était encore si faible qu'ils s'arrêtaient le plus souvent dans le petit square qui est au chevet de Notre-Dame. Là, David s'asseyait et, la canne levée, lui expliquait l'histoire de la cathédrale, montrant dans les sculptures une foule de détails que l'on ignore. Il lui décrivait aussi d'autres cathédrales, celles de Chartres et d'Amiens, par exemple, qu'il avait visitées étant enfant. Souvent, des gens assis sur le même banc étaient attirés par ses explications. On se tournait vers lui, on l'écoutait avec respect. Alors il enflait la voix, et la vue de cet auditoire faisait passer dans son regard abattu un peu de force et de joie.

Un jour, une sœur de charité, qui était sa voisine et l'avait écouté, lui dit avec admiration :

— Ah ! Monsieur, comme vous parlez bien des maisons du Bon Dieu ! Comment savez-vous tout cela ?

Silbermann la regarda en face, puis,

après un temps, il lui dit avec un petit ricanement :

— ... Comment je sais tout cela, ma sœur ? C'est que je suis le diable.

Cette farce l'amusa beaucoup et il en rit toute la soirée.

Cependant, c'était généralement vers le soir, au moment où, le soleil tombé, il rentrait chez lui, que sa tristesse le reprenait. L'escalier était sans jour et mal éclairé. Il s'accrochait à la rampe, haletait, se plaignait d'étouffer. Sa compagne devait le soutenir, car ils habitaient haut ; et pendant toute la montée, elle l'entendait répéter à voix basse : « Ma vie est finie... Il n'y a plus rien, ni là, ni là... » En même temps, il touchait sa poitrine et sa tête.

Elle le réconfortait de son mieux. Ainsi, pour distraire son esprit, elle le poussa à écrire. Mais non des études de critique ou de polémique, telles qu'il en avait publié dans sa revue et qui lui donnaient ensuite une mauvaise excitation. Elle le fit penser à des sujets d'art, de littérature, et il entreprit une suite de récits sur l'Amérique et les milieux américains. Il ne pouvait écrire lui-même, car il souffrait d'une inflammation des paupières qu'on ne parvenait pas à faire disparaître : à peine avait-il tracé deux lignes que tout dansait devant son regard.

Quand, au bout de quelques jours, il eut fini de dicter la première histoire, il pria sa compagne de la relire à voix haute. C'était, paraît-il, un essai mélangé d'anecdotes comiques, et où il se moquait des gens et des choses.

Elle obéit, mais après cinq ou six pages, il grimaça et l'arrêta.

— Ce n'est pas du français, ça, dit-il, c'est du juif, esprit et style.

Et il ne voulut plus continuer.

Ce fut à ce moment qu'il commença à désespérer de tout, me dit sa compagne, et qu'il douta même qu'il n'y eût jamais eu en lui de véritables richesses intellectuelles. Un jour, comme elle lui lisait un journal, elle arriva à un article sur un livre qui venait de paraître et qui avait un grand succès. C'était le premier livre de François Leboucher. Quand David entendit ce nom, il sursauta.

— Leboucher... s'écria-t-il. Cela ne peut pas être le crétin, le *chlemiel*... Pourtant, je crois bien qu'il s'appelait aussi François. Tu dis qu'il y a sa photographie ?... Donne le journal.

Elle le lui tendit et, aussitôt, il se mit à rire de ce rire nerveux qui, depuis sa maladie, s'emparait brusquement de lui sans qu'il pût l'arrêter.

— C'est lui, dit-il, je le reconnais, c'est le *chlemiel,* avec sa grosse tête rouge de paysan latin... J'ai été en classe avec lui... il était toujours le dernier... il ne comprenait rien à rien...

Et il continuait à rire.

Il l'envoya acheter le livre et voulut qu'elle en commençât la lecture tout de suite après le dîner. Il riait encore silencieusement, mais, dès les premières pages, il écouta et devint grave.

— C'est bien, c'est bien..., dit-il à plusieurs reprises.

Il la força à continuer, sans s'occuper de l'heure. Il ne parlait plus, même pour approuver, et regardait fixement devant lui. La lecture se prolongea très tard. Quand elle l'eut achevée, il la remercia, mais il se remit à songer et se coucha sans dire un mot.

Le lendemain, lorsqu'elle entra dans sa chambre, elle lui vit son regard des mauvais jours, et comprit, à ses traits tirés, que de sombres pensées l'avaient tenu éveillé toute la nuit. Bien qu'il fît très beau, il se prétendit souffrant et refusa de sortir.

Dès qu'il fut habillé, il alla chercher des livres qui se trouvaient dans une malle rapportée par lui d'Amérique et qu'il n'avait jamais ouverte. C'étaient ses anciens livres de classe ; il les prit et il prit aussi deux brochures jaunies, des palmarès du lycée. Il appela sa compagne près de lui et lui dit d'une voix calme :

— Écoute... Hier, je me suis moqué de

ce garçon, de ce Leboucher qui vient d'écrire un livre. Mais j'ai été en classe avec lui, et c'est vrai, je t'assure, c'était un crétin.

Il saisit rapidement le palmarès et le feuilleta.

— Regarde, dit-il. Cinquième A... Français, premier prix : Silbermann, David... Version latine, premier prix : Silbermann... Thème latin, moi... Anglais, encore moi... J'ai eu quatre prix cette année-là. Hein ! ce n'est pas mal... Maintenant cherche Leboucher. Il n'est pas nommé une fois... Ah ! si, le voilà : un accessit en récitation. Oui, parce qu'il était appliqué, il faisait de son mieux... Je vois encore sa grosse tête penchée sur les livres, une tête avec des cheveux tondus ras comme un poil d'âne. Et à ce moment c'était un âne... Eh bien ! aujourd'hui, c'est lui qui a écrit ce beau livre, et moi, voilà où j'en suis.

Des deux mains il se frappa la poitrine

avec une expression de dégoût, puis il la regarda et reprit :

— Hein ! Explique ça...

Elle ne répondit rien, mais elle suivait avec effroi dans ses yeux une petite lueur aiguë qui annonçait toujours chez lui une crise de désespoir.

— Eh bien ! je vais te l'expliquer, reprit-il avec un éclat de voix violent et rauque qui devait lui faire mal. C'est que moi, je n'ai été qu'un de ces petits rabbis précoces qui, à dix ans, connaissent la thora par cœur et sont capables de la copier tout entière ou de discuter des heures sur un mot. Voilà pourquoi j'ai été quatre fois premier. Mais quand il s'est agi de créer quelque chose, d'écrire un livre, rien, rien... c'est le chrétien qui l'a fait.

Il secoua la tête et se mit à rêver sans écouter les protestations de sa compagne. Mais, un moment après, elle le vit sourire un peu et il l'appela de nouveau.

— Je me suis souvenu, cette nuit, d'une histoire sur Leboucher, lui dit-il. Imagine-toi qu'un matin nous sommes sortis du lycée ensemble et nous sommes allés nous promener au Bois. C'était à la fin de juillet, il faisait très chaud et une forte réverbération venait des pelouses sèches. Je montrai le soleil à Leboucher et je me mis à déclamer les deux vers de Leconte de Lisle.

Midi, roi des étés, épandu sur la plaine,
Tombe en nappes d'argent des hauteurs du ciel bleu.

Il m'écouta attentivement. D'ailleurs, je lui faisais un peu de peur, mais il m'admirait. « C'est beau, ces deux vers, hein, mon vieux ? » lui dis-je. Il hocha sa tête ronde et répondit d'une voix pénétrée : « Oh ! oui, « les nappes d'argent », c'est beau... Mais — reprit-il — pourquoi « est pendu » ?... » D'abord je ne m'expliquai pas ce qu'il voulait dire, et puis, rien qu'à voir son expression ahurie, je compris ce qui se passait dans sa tête. Alors que moi, en récitant les vers, j'avais eu aussitôt la vision d'un paysage immobile, baigné de lumière, tu sais, un de ces paysages de Provence au mois d'août, lui, avait vu une potence... Est-ce drôle ? Une potence... C'est depuis cette histoire que je l'avais appelé le *chlemiel*. »

Ce même jour, comme Simone le voyait dans une crise d'abattement, elle inventa de le distraire en reprenant les livres qu'il avait sortis de la malle et en les regardant avec lui.

Parmi ces livres, elle choisit un volume d'anthologie et elle lui lut des vers. Il l'écoutait en suivant les vers dans sa mémoire, et parfois il les disait en même temps qu'elle. Parfois aussi, il l'interrompait.

— Tu n'as pas bien lu cela, disait-il.

Et il récitait de nouveau.

A plusieurs reprises, il raconta comment il avait découvert la beauté de tel morceau.

— C'était une nuit d'été, au bord de la mer, en Bretagne. Je me suis redit ces quatre vers de Hugo. Et j'ai pensé qu'au-

cun poète français n'avait exprimé comme
lui le sentiment de l'infini.

Ces souvenirs l'adoucirent et, pendant
quelques heures, ses sombres pensées sem-
blèrent avoir disparu. Vers la fin de
l'après-midi, lorsque la nuit vint, elle voulut poursuivre, car c'était l'heure dangereuse pour ses accès de tristesse ; et elle se
leva vite pour allumer. Mais il se leva
aussi, et, s'emparant du livre, le jeta à
l'autre bout de la chambre. Puis il alla vers
la fenêtre et se tint immobile. De cette
fenêtre, on avait vue sur Notre-Dame. Il
resta longtemps ainsi. Le soleil avait disparu derrière les tours, et le chevet de la
cathédrale ne formait plus qu'une masse
sombre. Simone s'approcha et se mit à lui
parler, mais il ne répondit pas et sembla ne
pas l'entendre. Depuis quelque temps déjà,
elle s'était aperçue que, par moments, sa
rêverie mélancolique le retranchait complètement de la réalité. Ses doigts s'agitè-
rent légèrement sur les vitres et elle l'entendit murmurer :

— Le petit rabbi a eu tort d'écouter les histoires des chrétiens... il a eu tort de lever les yeux sur les églises... Il aurait dû rester avec les siens... car les *goïm* l'ont empoisonné.

Comme ces crises se répétaient, Simone pensa que l'isolement était mauvais pour lui. Elle s'en fut à la recherche de ses amis, même de ceux qu'il avait indisposés par son humeur, et les supplia de ne pas l'abandonner. Pendant quelque temps ils lui firent des visites. Ils parlaient de leurs travaux et de leurs nouvelles entreprises. Deux ou trois n'avaient pas renoncé à des projets qui naguère avaient passionné David. Mais, maintenant, David s'acharnait à les contredire et à leur montrer la difficulté en toute chose. L'un d'eux, un étudiant, qui avait juré de consacrer sa vie au sionisme, vint le voir au retour d'un voyage en Palestine. Il lui fit part de ses découvertes, de ses espoirs, il lui raconta l'effort des premiers colons. Et David le questionnait sur les points faibles, critiquait les méthodes employées, reprenait tous les arguments chers aux détracteurs du sionisme. Ce n'était pas par intention de le peiner, mais il n'y avait qu'à voir son regard fixe et abattu pour comprendre qu'il était devenu littéralement impuissant à imaginer quelque chose qui naît, grandit, s'élève. Un jour, l'ami, au moment de partir, prit Simone Fligsheim par les mains et lui dit d'une voix basse et tremblante :

— Je ne reviendrai plus... Ne me demandez plus de revenir... Il finirait par tuer mon idée.

Aussitôt que Silbermann restait seul avec sa compagne, il recommençait la discussion. Il reprenait toutes les ambitions de ces coreligionnaires et les détruisait une à une.

— Simone, lui dit-il un jour, je vais te faire un aveu que je n'ai jamais fait à personne.

Sa voix prit un ton grave et il prononça :

— Je n'ai jamais eu vraiment d'admiration pour les Juifs, je n'ai jamais eu foi en leur avenir. Dès que j'ai commencé à réfléchir et à juger la beauté des choses, dès que j'ai entrevu, à travers l'histoire des civilisations, les grands trajets de la pensée humaine, je me suis senti attiré hors de ma race. Au lycée, je n'avais qu'un idéal : m'éloigner des Juifs et imiter les autres. Tout ce que je disais sur nous et contre les chrétiens, c'était parce que l'on m'attaquait et pour me défendre avec des armes que je trouvais toutes prêtes. Mais je n'y croyais pas. Et on m'aurait offert de changer de sang que j'aurais accepté avec joie. Plus tard, en Amérique, quand j'ai essayé de revenir sur une autre route, c'était trop tard. Je ne pensais qu'à tout ce que j'avais appris et aimé en France, et cela se dressait entre moi et ma vie de Juif. Combien de fois, chez mon oncle, m'est-il arrivé de pleurer de rage ! Et tout ce que j'ai entrepris ensuite, je l'ai fait sans amour véritable, par une attitude que mon goût critiquait sans cesse. Là-bas, quand je prenais la parole dans les *Jewish Associations,* je méprisais mes auditeurs, je ne voyais que leur ignorance, leur crédulité, leurs tares physiques. Et je ne pouvais m'empêcher de ricaner intérieurement à la pensée que je disais à ces têtes de moutons : « Vous qui êtes de la race élue... »

Sa compagne me dit que ce fut vers cette époque qu'ils traversèrent les jours les plus pénibles. Elle savait que David était perdu. Herfitz avait promis de leur envoyer de l'argent, mais, au milieu de sa tournée, il se brouilla avec son impresario et se trouva momentanément dans la gêne. Enfin les cousins d'Amérique, à qui elle avait écrit, ne répondirent pas.

A deux reprises, elle dut aller vendre les livres de David, qui constituaient sa seule richesse. En faisant un choix, elle mit de côté les anciens ouvrages de classe et les palmarès conservés par lui pendant des années, pensant qu'il aimerait à les regarder encore. Mais il avait bien changé en quelques mois, et, quand il vit sa précaution, il lui dit sur un ton de colère :

— Vends tout cela... Et cela — il désigna les palmarès — donne-le-moi.

Il se pencha, prit les brochures, les déchira entre ses doigts maigres et reprit avec une violence sourde :

— Maintenant l'imposture est finie.

Elle dut chercher du travail, et ne voulant pas s'éloigner longtemps de David, elle ne put accepter que des occupations médiocres et mal payées. David ne sortait plus. C'était à grand-peine qu'elle obtenait de lui qu'il se levât. Il avait laissé pousser sa barbe. Changer de linge, passer un vêtement semblaient être pour lui une telle torture qu'elle se contentait de l'installer chaque jour dans un fauteuil, de lui mettre une couverture sur les épaules, une autre sur les jambes. Il restait ainsi pendant des heures, inoccupé, silencieux. Comme ses nerfs étaient devenus très sensibles et qu'il ne tolérait pas d'entendre autour de lui du bruit et du mouvement, elle avait fini par le laisser vivre dans une chambre en désordre et mal nettoyée.

D'ailleurs, il se complaisait dans cette situation. Quand, par hasard, elle avait pu balayer, il lui en faisait grief s'il venait à s'en apercevoir.

— Pourquoi as-tu fait cela ? Laisse toutes ces choses comme elles sont, entends-tu ?

Souvent il parcourait du regard les murs couverts d'un papier noirci et taché, les vitres ternes ; il considérait son linge élimé ; et à la vue de ces marques de misère, il paraissait éprouver un sentiment de satisfaction.

Bientôt, par une incroyable dépravation d'esprit, cette jouissance du malheur devint sa seule passion, la seule idée qui le retînt à l'existence. Assis au fond de son fauteuil d'où il ne bougeait plus guère, il recueillait autour de lui, avec de grands yeux pleins d'une avidité fébrile, tous les signes de sa déchéance. Il en arrivait à imaginer des ruses pour l'aggraver. Sa compagne me raconta qu'elle dut lui acheter, une fois, une couverture neuve. Or, quelque temps après, elle s'aperçut que, chaque jour, il usait cette couverture en la déchirant un peu avec un canif.

Une autre fois, il s'amusa à tracer, avec un morceau de savon, des inscriptions sur une glace. C'étaient des invectives qu'au temps du lycée on crayonnait sur les murs de sa classe : Mort aux Juifs... A bas Silbermann... Et elle le surprit devant cette glace, immobile, contemplant dans une sorte d'extase son image couronnée d'insultes.

Elle attendait avec impatience le retour d'Herfitz qui avait toujours eu une bonne influence sur David et qui leur apportait généralement un peu de bien-être et de joie. Elle ne savait pas quelle joie son amant allait se fabriquer !

Dès qu'Herfitz fut revenu et eut repris ses habitudes auprès d'eux, Silbermann déclara qu'il se sentait mieux et qu'il n'était plus nécessaire de lui donner les mêmes soins.

— Tu devrais en profiter pour distraire

un peu Simone, dit-il à Herfitz. Sors avec elle, emmène-la au théâtre. Ce n'est pas drôle d'être une garde-malade, et je t'assure qu'elle vaut mieux que cet emploi.

En même temps, il faisait à sa compagne l'éloge d'Herfitz. Il lui disait que c'était une noble nature, que rien de ce qu'il désirait ne pouvait être mal, quoi qu'il y parût. Un jour, il s'écria en riant :

— Il me semble qu'Herfitz est un peu amoureux de toi...

Elle protesta.

— Si, si, je t'assure, reprit-il, vois comme il te regarde quand tu parles, vois comme il aime à se montrer en ta compagnie.

Et il continua avec un accent de grande sincérité :

— Mais je n'en suis pas jaloux. Et même, je ne pourrais jamais être jaloux de lui. L'amour qu'il te donnerait, il me semble que ce serait comme notre amour au temps où je n'étais pas malade. A te voir

courtisée, heureuse, je m'imaginerais
guéri.

Sa compagne ne fit pas attention tout
d'abord à ces paroles ni à cette attitude. Ce
fut ensuite seulement que les choses devin-
rent claires dans son esprit. En tout cas,
Silbermann fut assez habile pour la rap-
procher à son insu d'Herfitz. Il la forçait à
suivre le pianiste dans tous ses concerts, il
s'ingéniait, sans en avoir l'air, à vaincre
leurs scrupules ; il se faisait leur complice
malgré eux.

Herfitz avait un cœur porté aux généro-
sités matérielles, mais c'était un de ces
êtres, esclaves de leurs sensations, pour qui
tout doit, s'ils viennent à le désirer, se
monnayer en jouissances. Il disait souvent
que refréner une impulsion sensuelle devait
être une souffrance intolérable, mais qu'il
ne l'avait jamais connue.

Il avait toujours admiré Simone Fligsheim, et, lorsque cette femme se trouva
mêlée davantage à sa vie, s'occupa de son
art, cette fraternité intellectuelle s'accrut et

se résuma bien vite dans un désir charnel.

Je ne sais s'il lutta beaucoup, et je ne sais non plus si elle-même, confusément poussée par la volonté de Silbermann, lui résista longtemps.

Mais Silbermann, qui les épiait, ne tarda sans doute pas à connaître leur liaison. Il la favorisa avec les manèges prudents qu'un amant ordinaire aurait employés pour la surprendre. Cette jouissance, âprement désirée, d'être trahi par les deux seuls êtres qui lui restaient sur terre, il la savoura sans en rien montrer, de peur de la perdre. Et de ces signes, de ces regards, de ces allusions qu'un homme trompé croit reconnaître partout et qui le rendent fou de douleur, il se délectait dans l'ombre, comme d'un triomphe secret.

Il cachait si bien son jeu que les coupables n'auraient peut-être rien deviné, si, un soir, Herfitz, jouant du piano dans la pièce voisine, n'avait saisi la main de sa maîtresse et ne l'avait amoureusement promenée sur ses yeux et sur ses lèvres. Un

97

instant après, Simone se retourna, et elle s'aperçut que Silbermann, ayant sans bruit changé de place dans sa chambre, se tenait de manière à les voir par une porte ouverte. Cependant, il ne paraissait pas les regarder. Son visage immobile et raide était levé vers le plafond, et l'expression de ce visage était si étrange qu'on eût pu croire qu'il dormait.

Deux jours plus tard, Herfitz, qui avait entrevu aussi la figure de son ami, se sentit pris de remords. Il hâta la conclusion d'un engagement et s'éloigna de Paris.

Ce fut très peu de temps après que l'état mental de Silbermann s'aggrava et acheva l'ouvrage de sa déchéance physique. Non seulement il ne sortait plus, mais il refusait presque toute nourriture. Pendant des heures il ne disait mot, le regard longuement posé sur un objet qui inscrivait dans ses yeux toutes sortes de reflets méconnaissables. Sa place favorite était près de la fenêtre ouverte, où il semblait attendre on ne savait quoi ; mais persiennes closes, car ses paupières souffraient de la lumière comme d'une brûlure. Le soir seulement, au crépuscule, il demandait d'un signe qu'on repoussât ces persiennes, ce que ses bras trop faibles n'auraient pu faire, et il regardait devant lui. Au plus pauvre de ses étages, cette pauvre maison dominait tous les toits voisins, et Silbermann avait ainsi une échappée de vue assez étendue. A part un morceau de la cathédrale, on apercevait surtout des pans de murs misérables, des faîtes rapiécés et toutes sortes de nids sordides. Mais sa compagne me dit que cette vue l'attirait et qu'il se penchait vers ce spectacle avec une bizarre expression de ravissement et d'orgueil. Par sécurité, elle fit mettre un treillage de fer plus haut que la barre d'appui. Cependant, elle le laissait volontiers à cet endroit, tant il semblait y éprouver de plaisir.

Quand elle me rapporta cela, je me rappelai combien, au temps de notre jeunesse, Silbermann était attiré vers les points de vue qui dominent Paris et d'où il pouvait contempler la ville à ses pieds. Plus d'une fois il m'avait emmené tout au haut de Montmartre, simplement, eût-on dit, pour lancer de là ses paroles à travers l'espace. Il m'indiquait les quartiers, les monuments, parlait de l'avenir avec une sorte de lyrisme, et je voyais que son imagination, manœuvrant follement d'un point à un autre, marquait sur ce plan les étapes possibles de sa carrière.

Peut-être la vue des toits et de cet étroit champ de ciel lui apportait-elle de nouveau un peu de ce vertige, et cela explique-t-il son muet ravissement. Peut-être aussi plaisir et orgueil venaient-ils que, du haut de sa mansarde, Silbermann apercevait, au terme de sa destinée lamentable, une vision qui le grisait, une espèce de royauté, de place élue : il était le plus malheureux des Juifs.

Un jour arriva où il ne voulut plus faire les quelques pas qui séparaient son lit de cette fenêtre. Alors il resta couché, la tête à plat, car il ne pouvait, paraît-il, supporter sans irritation le contact trop caressant de l'oreiller. Et parfois la journée s'achevait avant qu'un tressaillement agitât sa face.

Pourtant, une nuit, dans une de ces convulsions dernières où l'âme humaine semble chasser ses diables les plus tenaces, il fut littéralement soulevé par le délire. Des appels, des cris rauques, des imprécations sortirent de sa gorge, où depuis longtemps le son passait à peine ; puis il se mit à débiter des phrases, des débris de poèmes, des tirades entières où sa compagne reconnut avec stupeur des morceaux fameux qu'il n'avait pas lus depuis des années et qu'elle ne savait pas dans sa mémoire.

En même temps qu'elle me racontait cette scène, elle me montra un portrait qu'elle avait conservé de Silbermann. La face hâve et barbue est d'une maigreur incroyable. Les pommettes saillantes, l'arête du nez courbe, le crâne allongé, toute l'ossature pointe sous la peau ainsi qu'une roche.

Et comme je considérais cette figure d'un type si étrange, je me pris à songer que les diables qui avaient quitté le cerveau de Silbermann à la minute suprême étaient nos princesses raciniennes et tout un cortège de héros légendaires vêtus à la française.

Le matin qui suivit cette nuit, il s'assoupit. Le soleil venu, sa compagne profita de son apaisement pour écarter les persiennes, et des rayons de lumière firent irruption dans la chambre. Alors il entrouvrit les yeux. Il aperçut des milliers d'atomes qui, chevauchant les rayons, dévalaient vers son lit, avançaient en colonnes sur ses draps. Quelle terreur revint à sa mémoire ? Il ébaucha un geste pour se protéger... Ce fut son dernier mouvement.

COLLECTION FOLIO

Impression Bussière à Saint-Amand (Cher),
le 18 mars 1985.
Dépôt légal : mars 1985.
1ᵉʳ dépôt légal dans la collection : février 1982.
Numéro d'imprimeur : 774.
ISBN 2-07-037357-6./Imprimé en France.